BIBLIOTECA
MARCHA CRIANÇA

LUCINA MARIA MARINHO PASSOS

O MEDINHO E O MEDÃO

ILUSTRAÇÕES
LENINHA LACERDA

editora scipione

O MEDINHO E O MEDÃO
É UMA HISTÓRIA DE EMOÇÃO.
EU NÃO SEI QUEM ME CONTOU.
A GENTE OUVE E REPETE,
SEM SABER QUEM INVENTOU.

VEJA SÓ ESTAS IMAGENS.
SÃO ESTES OS DOIS PERSONAGENS:

JOÃO ROMÃO, O FIGURÃO!

E **TIÃO,** O TRAPALHÃO.

QUAL DOS DOIS PERSONAGENS LHE PARECE MAIS SIMPÁTICO? POR QUÊ?

A HISTÓRIA ACONTECEU
NA VILA DA CONCEIÇÃO.
PARA SABER DIREITINHO,
LEIA TUDO COM ATENÇÃO.

O QUE VOCÊ VÊ NA VILA? UMA VILA É DIFERENTE DE UMA CIDADE? POR QUÊ?

JOÃO ROMÃO ERA MALDOSO.
DE TODO MUNDO ELE RIA.
E PREGAR SUSTO NOS OUTROS
ERA A SUA ALEGRIA.

E, COMO NÃO TINHA AMIGOS,
PARA NÃO FICAR SOZINHO,
FAZIA-SE ACOMPANHAR
DE TIÃO, O MACAQUINHO.

VOCÊ ACHA QUE JOÃO ROMÃO VAI FAZER ALGUMA MALDADE? POR QUÊ?

DELÉM, DÃO! DELÉM, DÃO, DÃO...
TOCAM OS SINOS DE NATAL.
JOÃO ROMÃO, ENTÃO, RESOLVE
ASSUSTAR O PESSOAL.

APANHA UM LENÇOL BRANCO
E SAI NELE EMBRULHADO.
MAS NÃO VIU QUE O TIÃO
IMITOU TUDO, CALADO.

QUANTAS HORAS O RELÓGIO ESTÁ MARCANDO? COMO SE CHAMA A MISSA DE NATAL CELEBRADA NESSE HORÁRIO?

JOÃO ROMÃO, NA ESCURIDÃO,
ESPERA O POVO, QUIETINHO.
NÃO VÊ O PANINHO BRANCO
QUE ESCONDE O MACAQUINHO.

OBSERVE OS SINAIS E DESCUBRA O QUE JOÃO ROMÃO ESTÁ PENSANDO:

SUSTO DAR NO VOU PESSOAL UM

FINDOU A MISSA DO GALO.
E O POVO DE CONCEIÇÃO
VOLTA DA IGREJA, ANIMADO.
DE REPENTE... A CONFUSÃO!

SE VOCÊ PUDESSE ENTRAR NESTA HISTÓRIA, O QUE DIRIA AO POVO DA VILA?

O SACRISTÃO, COM UM BERRO,
PÕE A MÃO NO CORAÇÃO:
— UM FANTASMA! QUE MEDÃO!
BEM ALI, NA ESCURIDÃO!

DESCUBRA ONDE TEM UM GATO ESCONDIDO.

DESMAIA UM RAPAGÃO
E FOGE UM CAPITÃO.
MAS UM ESPERTO MENININHO
APONTA COM O DEDO E GRITA:
— OLHA O MEDÃO E O MEDINHO!

INVENTE NOMES PARA O SACRISTÃO, O RAPAGÃO, O CAPITÃO E O MENININHO.

JOÃO ROMÃO OLHA PRA TRÁS
NAQUELE MOMENTO JUSTO:
— UM FANTASMA DE VERDADE?!
E QUASE MORRE DE SUSTO.

O QUE VOCÊ PENSA DE JOÃO ROMÃO? E DE TIÃO?

E A MULTIDÃO UNIDA
PÕE-SE LOGO A GRITAR:
— CORRE, CORRE, Ó MEDÃO!
MEDINHO VAI TE PEGAR!

QUEM É O MEDÃO? QUEM É O MEDINHO?

CORRE E GRITA APAVORADO
O POBRE DO JOÃO ROMÃO:
— SOCORRO! PAPAI! MAMÃE!
UM FANTASMA! ASSOMBRAÇÃO!

QUE VONTADE DE IMITAR
TEM TIÃO, O MACAQUINHO.
QUANTO MAIS O MEDÃO CORRE,
CORRE ATRÁS DELE O MEDINHO.

QUE CONSELHO VOCÊ DARIA AO JOÃO ROMÃO, PARA ELE SE LIVRAR DO FANTASMA?

E DIZEM QUE JOÃO ROMÃO
CORRE AINDA DO TIÃO
PENSANDO QUE, ATRÁS DELE,
ESTÁ O BICHO-PAPÃO.

CONVIDE OS AMIGOS PARA FAZER A LEITURA DRAMATIZADA DA HISTÓRIA: UM GRUPO VAI LENDO EM CORO E O OUTRO FAZ GESTOS, REPRESENTANDO OS PERSONAGENS.